JN079815

いつも背中を押してくれるあなた

賄屋大吾
MAKANAIYA Daigo

文芸社

目次

「いつも背中を押してくれるあなた」

プロローグ

「おい、サブロー、もう決めたか？」

「決めるも何もないさ、俺は再雇用に手を挙げるつもりだよ。って言うより、再雇用以外の選択肢が無いことなんて分かるだろ」

定年退職が現実のものとして迫ってくると、周囲の者たちの詮索がやたらとかまびすしくなってくる。

私は「北島三男」。読んで字の如く、ごくごく普通の家庭に三男坊として生まれ、国税の職場へ身を投じ、この電話でのやり取りが行われた当時は、あと五年弱ほど勤め上げれば無事卒業のところまで辿り着いていた。職場の仲間たちからは名前に因んで「サブロー」やら「サブちゃん」、はたまた「サブ」などと呼ばれていて、正式な呼称である『みつお』と呼んでくれる者などゼロに等しいのが、不満と言えば不満ではあるのだが。

まあ、我が職場では「サブ」という呼称は、税務署の副署長のことを指す隠語と被っているため、最近では滅多にそう呼ばれる機会に出くわすことは無くなった。

長年の職場経験の中で、似たような経路を歩んできた者たち同士の中では、定年後の進路についての情報収集を目的としてなのか、酒の肴としてなのか、その場に居合わせない者の話題が欲しいからなのかよくは分からないのだが、五十五歳を過ぎた頃から、幾度となくこのような電話が掛かってくることが通例なのだった。

大体、他人のことなど気に留めなくとも良いのだから、自分の身の振り方を真剣に考えろよと言いたくなるような、本当に面倒くさい話ではある。

幸いなことに、国税の職場に一定以上の期間勤務し形式的な基準を満たしていれば、受験に臨み合格せずとも、申請により税理士資格を取得することが可能であり、ご多分に漏れず私もその恩恵にあやかり、既に税理士として開業することは可能な身分ではあった。

しかし現実には、税理士として生計を立てるにはいくつかの法人の決算・申告を行うために顧問契約を結ぶか、高額な財産を保有する人の相続に際し、申告手続きを行うことで報酬を得るための知識が必要になってくるが、残念ながら職場人生の中で税法に携わる仕事をしていた時期のほぼ全てを個人の所得税に関する仕事に費やしたため、税理士でございますと、胸を張って言えるような知識を持ち合わせてはいなかった。そんな私には、開業したとしても収入に結び付くためのスキルは無く、ましてや顧客を紹介していただけるようなツテなど有ろうはずも無い。「知恵無し・ツテ無し」なのだから、個人事業主として身を立てることなどとてもではないが考えにくく、そうすると必然的に年金を受給できるまでの間は今まで世話になった国税の職場で再雇用として食い扶持を得ようか、という結論に至ってしまうのだ。

そんな私だから、周囲の者からの問い掛けには当然の如く再雇用しか選択すべき道はないと答え続けてきていたのだが、年季明けまで二年を切ったある日、人生の転機となる一大事が突然我が身に降ってきたのだった。

「息子の死」――それも三十路に足を踏み入れたばかりの、俗に言う「いい大人」であるはずの息子が、自らの意志で命を絶ってしまった。

私が定年退職後再雇用の道を歩もうと考えていた最大の理由は、この彼の存在だった。

彼はこれまでにも何度も借財を繰り返し、周囲の者たちがどれほど尻拭いをして、その都度健全な生活を取り戻すための話し合いを重ねても、既定路線であるかのように再び多重債務者へ転落してしまうのだった。

職に就いても社会に適合できず、医師の診断を仰いだところＡＤＨＤ（発達障害）の病名を貰うも、まだまだそれを受容してくれる社会には程遠く、遅刻を繰り返しては勤務態度の悪さを叱責される。だが彼としては、自分自身の行為が何故にそれほどまで言われなければならないのか、相手の怒りの元がどこから来ているのかが理解できないなど、通常の社会人なら「そこは分かってよ」と言いたくなるような暗黙の了解事が容易にはこなせず、しまいには出勤できなくなり失職してしまう。それでもなんとか新たな仕事先の目処が立ったものの、この先々同じように上手く社会に適合できなくなることは想像に難くないことから、私としてはできる限り将来にわたり安定した収入を得て、彼を支援していかねばならないと心に決めていたのだった。

将来に向けて支えなければならないとの思いから、再雇用の方向へ舵取りをしていた私。その大きな目標であった彼が、突然消え去った喪失感は驚くほど大きく、胸の中にぽっかりと開いた穴はそうそう埋められるものではなくて、もうこの先どうでもいいやと思う、捨て鉢な想いだけが黒い塊となってその穴に吸い込まれていくような日々が続いたのだった。

そんな私に、それでは息子問題以外に何か今後の人生の活力を生み出してくれそうな目的だとか、家族の支えは無かったのか？　実は息子が亡くなるよりも少し前になるが、妻とは長らく続いた別居生活を経た後、世に言うところの「熟年離婚」に至っていた。

離婚に当たり、私が定年を迎えるまでの間は、私名義で購入しローンを払い続けているマンションに元妻が継続して居住すること、そしてローン完済までは私が返済し続けることに加え、彼女の生活が困窮しないよう毎月一定の金銭を送金することを文書で交わしており、そのマンションには娘（息子から見れば妹に当たる）が同居しているが、この娘は息子を反面教師としたのか、自分自身が定めた目標の達成に向け努力を惜しまない性格で自立できており、住宅ローンも退職金を充てればほぼ完済可能な見通しが立ったため、私が目標を定め気持ちを引き締めて臨むのは定年までのことであって、もうその先はどうとでもなれの心境となり、心を奮い立たせる材料は持ち合わせてはいないのだ。

そんなこんなで息子が逝ってしまい、「退職したら、もう俺も消えてしまおうか」などと捨て鉢な気持ちを抱えていた私に、救いの手を差し伸べてくれたのが、今現在パートナーとして私の傍にいてくれる「南野香《みなみのかおり》」だったのだ。

彼女との出逢いなど詳しい経緯を書くとなると、それこそ短編小説が一冊書き上げられるほどのボリュームになってしまうためここでは割愛するが、彼女も離婚経験者であって、ここに「バツイチ」カップルが誕生し、今に至っている。

さあ、そしていよいよここから私が定年退職後の再雇用希望を取下げ、それでも刺激に満ちた日々を続けていられるようになった物語が幕を開けるのだ。

再雇用希望→一転希望取下げ最終判断

　定年退職まであと三年を迎える時期になると、その後の進路についてヒアリングが開始され、本日は私の面談日。所属長から質問が投げ掛けられる。

「そろそろ定年退職の時期を迎えますが、あなたはご自身の今後の身の振り方について、どのように考えているの？」

「息子がキャッシングや複数のサラ金から借財を繰り返し、その面倒を今まで何度となく見てやってきておりまして、その息子は最近ＡＤＨＤと診断され、処方された薬で多少は落ち着いてきたのですが、治ることは難しいとされている病気ですし、彼の今後の生活が不安です。今後も借財を繰り返す可能性もあり、今までの分も含め返済に向けた協力などでき得る限り手を貸さなければいけないと思いますので、少しでも安定した収入を得たいのが本音です」

「なるほどね」

「そういう訳で続けられる限り、再雇用の形でお世話になりたいと考えています」

「そうか、分かりました。最終的に再雇用を希望しないと意思表示を翻すことはできるけれども、このタイミングで希望しますと手を挙げておかないと、やっぱりやりたいですなんて後出しジャンケンは認められないから、希望する旨の届け出だけは出しておいた方が良さそうだね」

　このように再雇用希望をした後に、最大の理由であった息子を失ってしまったのだった。

　更に加えて言い訳めいたことを述べれば、息子が世を去る一年前には私の父が亡くなった。このこともまた私にとっては、仕事を続けるモチベーションを減退させる要因ではあったのだ。

父は、我が一族の頂点に君臨する正に「恐竜」で、どんなに年老いても絶対に俺様がトップなのだ！　との姿勢を崩すことはついぞなく、子供たちには常に仕事で上を目指し、行けるところまで上り詰めることを求め、それが叶わぬ者は我が子として認めない——そんな感じの人だったから、亡くなった時にはもう会えなくなったのだとの悲しみを抱きつつも、これで目の上のたんこぶが消えたのだと、正直肩の力がストンと抜けたのだった。

そこに加わった息子の訃報。父の呪縛も無くなっているので、確かに年金を受給できるようになるまでの間だって安定した収入があるに越したことはないのだが、「仕事を続けなければ——」の意識づけをさせてくれていた両輪が目の前から失せてしまってまでもなお、組織に縛られながら毎日を過ごさねばならんのか？　との疑問がむくむく頭をもたげてきたのだった。

そうは言っても、老後の資金問題は依然として高い壁となりそびえ立っている。巷では「老後資金二千万円問題」の言葉が飛び交い始めた頃でもあり、キャッチーなこの言葉に踊らされ、不安ばかりが募るけれども、ここ何年か息子の借金の肩代わりに奔走した結果、私の手持ち資金はおぼつかなくなっており、理想とされるような貯えなど有ろうはずもないのは明白だった。

金銭的な不安解消には、再雇用がもってこいなのだが、息子の法要や葬儀、そして借財の確認やそれに伴う清算など、諸々の片づけごとを終えてしまえば、私に残されたのは定年退職まで「あと何日」と、残日数を指折り数えながら淡々と職場に出向き業務をこなすだけの日々であった。そうなると頭によぎるのは、「この職場にしがみついて身を粉にして働き、人間関係のしがらみに心を砕くことがお前にとっての最善なのか？」であり、その想いが真夏の入道雲の如くこんもり盛り上がるばかり。

何度自問自答を繰り返したところで、答えが導き出されるはずもなく、そうとなれば頼れるのはパートナーだけ。一人で悶々としても始まらない。全てぶっちゃけて一旦楽になろう。

「一人で悩みを抱え込まないで――」

なんて広告もあるではないか。

「かおりちゃん、俺さあ再雇用やりますって手を挙げてはいるけど、息子が死んじゃって、もうこれから先あいつの借金とか心配する必要が無くなったなぁ、なんて思ったら、もうなんか頑張らなくっていいか、って言うより、仕事続ける気持ちにならないんだよね」

「みっちゃん（彼女だけは私のことを正式な呼び方である『みつお』とか、『みっちゃん』と呼んでくれる）、私は常々あなたのやりたいようにすればいいと言っているし、息子さんがいなくなって沈んでたあなたも見ているしね」

「うん。好きなようにしろと言ってくれているのは分かっているよ。でもさぁ、年金が貰える歳になるまで収入が無くなる訳だし、借金の肩代わりで貯えも寂しいから、手取りがガクンと下がっても再雇用で給料貰える方が安心っちゃ、安心なんだよな」

「私は仕事しているんだし、みっちゃん、別に私のヒモでいいんじゃない」

「え？　そうかなぁ」

果たして自分自身が最も優先すべきことは、時間に拘束され職場の人間関係に汲々としながらも安定した収入を得るための再雇用なのだろうか。

　考え込む私に彼女が口を開き割って入る。

「それでさぁ、『やっぱり再雇用やりませーん』って、表明するのはいつまでにとか決まっているの？」

「いや、特に決まってはいないみたいだけど、人事担当が再雇用後の配置先を検討する時間が必要だから、退職の半年位前までには最終決定して伝えておくのがベターだと思うよ」

「だったらまだ一年は考えられるでしょ。やりたいことは何なのか、よく考えてごらんなさいよ」

　ありがとう。なんて優しい言葉を掛けてくれるのよ！　もうそれだけで再雇用希望しない派に大勢は決してしまいそうだが、彼女の提案どおり、ここは一つじっくりと考えてみることにしよう。

　しかし、このやり取りから一年経過するまでの間、「よし、仕事を続けよう」なぁんて気持ちには、結局のところ一度たりともなったためしは無かった。そろそろ腹を括らねば。期限は目前に迫っているのだから。

「かおりちゃん、ヒモにしてくれるかね」

「ダメだなんて一度も言ってないよ。て言うか、ヒモになればと言っているのは私なんだから」

「稼げる見込みはないけれど、税理士登録をしようと思う。まあ始めたからって顧客がついたりなんて夢物語は起こらないだろうから、開業しても時間はたっぷりあるだろうし、その時間で在宅ワークとかやりながら月にいくらかでも稼げたらなんて思うんだよ。再雇用をフルに続けて六十五歳。そこから、さあ何か始めようなんて思い立ってもさ、もうその時には前へ進む気力なんて持てないんじゃないかな。そう考えると、新たなスタート切れるとしたら今なんじゃないかってね」

「今まで散々頑張ってきたんだから、好きなことをやればいいんだよ。税理士ですって開業しても、みっちゃんはさ、法人税や相続税の仕事はできないから、登録しても仕事が来ないのは分かっているし、稼ぎの期待はしてないから大丈夫よ」

（自分で卑下して言うのと違って、パートナーからハッキリ言われてしまうと、それはそれで胸がチクッと痛くなるのは何故かしら？）

それでも、そう伝えてもらうと心は軽くなる。

だが、退職した先輩で、その後も付き合いのある方たちと酒を飲む度に聞かされるのは、「職業無し・年金所得者って肩書だと、新規にクレジットカード申し込もうとしても審査も通りやしない」のボヤキ声。だったら新規カード作成のためではないにしろ、社会的信用を得る目的で、登録費用や会費を支払って「個人事業主（税理士）」の看板を買うことにも意義はあるよと彼女に伝え、失笑交じりの憐れみの表情を返されるが、これにて腹は決まった。

よし、職場へも意思表示をするとしよう。

「かおりちゃんありがとう。それじゃあ職場には再雇用はしませんと伝えることにするよ」

「はいよ、分かった」

かくして私は、再雇用希望取下げの書類を職場に提出、そして所属長と面談を行った。

「再雇用希望でお願いをして参りましたが、息子の死後どうしても仕事を継続しなければとの気持ちが薄れてしまい、モチベーションが保てなくなりました。このままの状態で再雇用していただいたとしても、職場に貢献できるとは思えませんので、希望取下げの書類を提出させていただきました」

「再雇用についてはその方個人の判断になりますから、どうこう言う筋合いのものではありませんし、今まで頑張ってこられたことに対し敬意を表させていただきます。ですが、退職された後のことは何か具体的に決まっているのですか？」

「暫くは、のんびりしながら先々を考えようと思います。でも今の時代、ウーバーとかも有りますからね、何かで稼げる方法は見つかるのでは、とは思ってはいますよ」

「まあまあ、冗談はさて置き、時期が時期ですから再雇用希望取下げの取下げは原則できませんよ。ファイナルアンサーでよろしいのですか？」

「ファイナルアンサーでお願いします」

職場へ居座り、糊口《ここう》をしのぐ——その退路はこれにて断ち切られたのだった。

退職後に何をすべきか？　検討開始

再雇用の選択肢は消えたのだから、それ以外の道を見つけ出し、在職中にやれるべきことは進めておこう。

さて、一体自分は何がやりたいのだ？　頼れるパートナーが「稼ぎを求めない、好きなことをやれ」とまで言ってくれているのだから、やり甲斐を持ってできるものを見つけようじゃないか！　それなら今まで歩んできた道とは全く畑違いの分野が良いのだろうな。

そんな風に考えた時、ぼんやりとしたイメージが浮かび上がってきたのは、趣味として観続けている映画の世界に関わりたいというものだった。

「かおりちゃん、あのさぁ退職後の話だけれども、ほら俺、映画好きだし、この際だからエキストラをやってみようかと思ってね」

「おー、いいね！　楽しそうじゃないの」

常に前向きに私の背中を押してくれる彼女の口からは、

「エキストラをやるのだったら、俳優と書けるようなお仕事が来るようになると格好いいね。名刺に『俳優・北島三男』なんて書いちゃったりしてね。それに税理士もそうだけど、開業に伴う費用はあなたが出すのだから、好きにすればいいよ。普段の生活は私が面倒見てあげるから」

「それでね、エキストラは人材派遣に登録するとか、エキストラ事務所に所属するとか、いくつか方法があるみたいだけど、他にも何かないだろうかなぁって検索したら、『シニアモデル』のワードで結構ヒットするんだよ」

「そうなのね、ＣＭとかチラシの仕事への道が開けるかもだし、上手くいったらドラマのチョイ役だって舞い込むかもよー、なんてね」

「だけどさ、ネットで見た事務所の中には、登録段階で何万円払えとか、その後のレッスン料が必要とか書いている所もあって、どうなんだろうね？　家の近くにもシニアモデル募集している事務所があって、そこのホームページには特に費用のこととか書いてないしなあ」

「お金掛けずにやれるのなら、それがいいんじゃないかとは思うけど、そこはもうあなたの思うようにやりなさいな」

　どこかの事務所に登録を申し込むにしてもタイミングとしては退職してからになるので、ここは焦らずじっくり検討することにして、もうその頃には退職までの日数も一年弱、同時期に職場を去る仲間たちや後輩たちから、今後の進路についての詮索も具体性を増し始めてきていた。

「やっぱり再雇用？」

「いやぁ、もう職場のしがらみからは解放されたいし、すっかり疲れちゃって気力が続かないから、スパッと辞めますわ」

（職場内には息子の死を知る者はほとんどいないのだ）

「へえ、辞めた後はどうされるの？」

「ウーバー！」

「またまたぁ、そんなに身体、強くないでしょ。直ぐに身体壊してリタイアだから」

「いやいやいや、最近外歩いていたって同年代、いやそれ以上の人たちでもデリバリー結構やっているのをよぉく見かけるじゃない。もうね、自転車にするか原付買うか、どっちにしようか悩んでいる段階なのよ」

流石にモデルへチャレンジするとは言えずじまいなのだった。

更に、離れて暮らす母からの電話が追い打ちをかけてくる。

「定年後はどうするか決めたの？　兄さんたちのように同じ職場で何年間かは継続して勤められのよね？」

私の二人の兄は、民間企業で勤め上げ定年を迎えたが、その能力や人望から継続雇用を請われ、嘱託の役員待遇として今も働き続けているのだ。

「いや、もう疲れてしまったし、このまま辞めるつもりでいるよ」

「そうは言ってもお金は大事、再雇用すれば収入は得られるのだし……」

母よ、分かってはいるのですよ。だが気力を振り絞ってまで続ける価値は無いものと判断したのだよ。

長く議論を続け、深刻な感じになってしまっても年老いた母を心配させるだけ。明るい声色で、

「大丈夫・大丈夫、開業して稼ぐから」

そう伝えたところ、

「子供を亡くして落ち込んでいるのは分かっているから尚のこと、仕事をしている方が気も紛れるし、子供のことを思い出す時間が減るでしょう。そうしたら悩む時間も少なくなるとは思うけど。でも決めたのならしょうがない、身体に気をつけ無理しないようにね」

母上様、いくつになっても心配かける息子で申し訳ないと思っていますよ。でももう、職場でのしがらみや人間関係からは解放されたい気持ちが勝ったのです。お許しくだされ。

そうこうする内、退職までのカレンダーが残り半年ほどになった頃、私に、いや、パートナーと私にとって決めねばならない懸案事項が一つ、そして私自身の問題が一つあったのだが、先ずは共通問題の解決だ。

今まで彼女とは住まいは別々で、互いの住まいを行ったり来たりしていたのだが、彼女が多忙になり、どちらかと言えば帰宅が早い私の方が食事を作るのが合理的だろうと、この一年ほどはほぼ私の住まいで暮らしていて、彼女の住まいは空き部屋状態となっていた。そのため、私の退職後は無駄を省き、一緒に暮らそうではないかとの結論に至り、その住まいを決める必要があったのだ。

部屋決めに当たり、彼女からは一つの提案がもたらされた。

「ねえ、最近はさ、異常な災害が多発しているじゃない？　それを考えると、これから求められるのは自給自足でしょう。だからね、アタシは農業に憧れを持っとる訳よ。アータ、どう思う？」

「土に触れるって楽しいし、そりゃいいと思うよ。だけどね、今住んでいる場所なら農地を得ることは難しいし、農業がしたいからって田舎に引っ越して、通勤が大変になってもいいやとまでは思ってはいないでしょ？」

その時点で我が家には、ベランダ栽培用のイチゴの鉢植えを育苗中だったので、

「今育てているイチゴだけでは満足できないものかねぇ」

「遠距離通勤はイヤなの。だけどイチゴ以外にも何かしてみたいのさ。アータ、これからは存分に時間取れるようになるのだし、何か考えなさいな」

彼女からの申し入れ、いや、命令を解決し遂行することは、今後円満な生活を送るためには避けて通れぬ重要事項であるから、必死に情報を収集したところ、都内でも駅ビルの屋上を利用したものや休耕地となっている農地を貸し出しているものがあることが判明。彼女にプレゼンを試みる。

「かおりちゃん、貸し農園であれば、いくつかは電車や自転車を使って通えそうな候補は見つかったよ。ただね、レンタル料や道具なんかの費用を考えると、コスパ的にはどうだろうか？」

「確かに〜。でもね、やりたいのさ！」

「それならさぁ、ベランダ菜園を手始めにやってみようか？　収穫の楽しみは味

わえると思うしね」

「おぉ、そういう前向きな発言を待っていたのさ。それじゃあ、借りる部屋はベランダ必須だね」

こうして新居の条件が一つ決定したのだった。

残るもう一つの懸案事項、それは私の「眼」の問題なのだが、加齢により瞼《まぶた》が下がり、自力で目を開けられない症状が少なからず発生することだった。

「かおりちゃん、オレ、眼科に行こうと思うんだよね」

「なによ、どこか悪かったっけ？」

「悪いって言うのか、朝起きた時なんかに自力で目を開けられない時があって、ヨイショ、みたいな感じで瞼を指で持ち上げないといけないことが結構あるのよ」

「ふーん、自力で開けられないのは困りものだね。どこかにいいお医者さんはあるのかい？」

「前に診てもらった駅ビルの眼科は、ＨＰ見ると系列のクリニックが手術専門の施設になっているようだよ」

「お仕事の方はお休み貰えるのでしょ？　一回診てもらってらっしゃいな」

こうして眼科を訪ね院長の診断を仰いだところ、「眼瞼下垂《がんけんかすい》」という、やはり加齢が主な原因で瞼が下がる症状であり、両瞼を切開し縫合するやり方で約四十分程度の日帰り手術を系列のクリニックで実施しているとのことだった。

「確かに加齢で瞼が下がってきているようですが、現時点で不都合はありますか？」

「時々、指を使わないと目が開けられないのが一番の困りどころですね」

「それでは手術しましょうか。ちょっと手鏡を持って自分のお顔を見てください」

ドクターはかぎ針状の器具を私の目に押し当て二重瞼を作りながら、

「瞼を切開して筋肉を繋げて引き上げる力を再生させるのですが、見た目があまり変わらないようにするのであれば大体こんな感じが仕上がりのイメージになりますね」

退職してしまえば職場の人間と顔を合わせる機会は激減するだろうし、今後モデル活動を行うのであれば、目鼻立ちクッキリおじいの方が見栄えが良かろうとの欲もあるものだから、

「イメージ変わっても全く問題ないですから、バッチリめでお願いできますか」

「バッチリ？」

私のオーダーに吹き出しながらもドクターは、

「分かりました、バッチリやりましょうね！　詳しい説明を受付で聞いていただいて、それで手術するかどうか決めてください」

これにて診察は終了した。

受付で手術可能日を示され、その後受けた説明では、手術後は切開・縫合した両瞼の上に包帯を巻くため、極端に視界が悪くなることから自力歩行は難しく、介添えが必要になること、そして翌日は消毒と経過観察のため来院が必要であり、やはり単独での歩行は危険が伴うので、介添えの同行か、タクシーを利用する必要があることを言い渡され、それと共に貰った同意書を手術日までに提出するよう伝えられて帰宅した。

「かおりちゃん、手術をすると当日と翌日に介添えが必要なんだって。平日だけどお願いできるかな？」

「え～よ～。休みの調整してみるけど、いつ頃とか希望はあるの？」

「来月は手術日に空きが無いみたいだから、今月中にやっちゃいたくて。そうするとこの日とこの日かな」

「オーケー、明日調整してみるね」

パートナーの即決に感謝しながら日程を確保。同意書を事前に提出し、いよいよ当日、電車で向かったクリニックの入り口を抜けた先には、手術を終えたばかりの患者さんがいたが、その姿は事前に受けた説明のとおり、両目の上にグルグル巻きの包帯、そして足元がおぼつかないのだろう、さながらマイケル・ジャクソンの「スリラー」に登場するゾンビの如くフラフラ彷徨《さまよ》っているおぞましい光景が繰り広げられていたのだった。

一時間後の我が身はあれなのかと背筋が寒くなった頃、名前を呼ばれ手術室の前で防護服のようなエプロンを着せられ、頭にもビニール製のキャップ。そして入室したところ、ポツンと一脚の椅子だけが待ち受けており、

「あれ？　仰向けに寝て手術を受けるのではないのね。座ったままで流血の処理

は大丈夫か？」

などといったモヤモヤする気持ちを打ち消すように、ドクターが入室。

「お待たせしました。最終確認ですが、あまりイメージ変えない方で良かったでしたっけ？」

「いえいえ、バッチリでお願いします！」

「あー、そうでした、バッチリバッチリでしたね！　そうでしたそうでした」

改めて金具で二重瞼を作り、ドクターと私、双方で仕上がり具合を確認し合ったら、ドクターがサインペンで瞼に切り込み位置を表示したようだ。

「それでは液体の塗る麻酔、そして注射の麻酔、両方を使います。麻酔が効いている間に終わる予定ですけれど、痛かったら遠慮しないで声を上げてくださいね」

目を閉じているので手術の模様は不明だが、何やら「シュッシュッ」と炭酸ガス式のメスからガスが噴射されているような音が聞こえ、思わず身体が硬直してしまい、ナースの、

「頭をしっかり椅子に付けて。動くと綺麗に仕上がりませんよ」

優しいアドバイスが聞こえてはくるが、目を閉じた先で繰り広げられている光景、その見えない恐怖に逃げだしたくなる衝動を抑えるのに必死な一時間弱が幕を開けた。

と思ったら、緊張がほぐれる間も与えてくれぬ内に両眼とも手術は終了。ドクターから、

「順調でしたよ。明日経過を診ますが、よく冷やすと腫れが少なくて済みますからね。それじゃまた明日」

待合室までナースにエスコートされる私は、つい先ほど見かけたゾンビと瓜二つの姿になってしまっていた。

「結構時間掛かったねー。しかもスゴイ見た目になっているけど、これ、見えているのかい？」

待合室で読書をしながら待っていた彼女は、何事も無かったかのような冷静な言葉を私に投げたと思ったら、またもや読書に集中し始め、私はゾンビ歩きのままお会計へ。痛み止めとアイマスク状の黒いベルトのようなもの、そしてその中

へ入れる保冷剤を手渡された。

「帰ったらベルトを瞼の上に当ててお帰りください。少しだけでも冷やしておいた方が良いので、今はおでこに当ててお帰りくださいね」

さあもう、後は帰るだけだ。目の上は幾重にも巻かれた包帯、そしてその上方には黒いアイマスクが装着されている、明らかに異様な風体で駅に向けゆるゆると歩を進める。

彼女は優しく手を引きエスコートしてくれるが、その声は、

「めっちゃ、周りの人に引かれているよ」

と、なんだか楽しそうだ。

難関だったのは地下鉄の改札へ向かう下り階段。彼女の手と階段の手摺、両方のお世話になりながらなんとかクリアし、電車に乗り込むと彼女が、

「優先席が空いているから座ろうよ」

「優先席しか空いていないのなら遠慮しておくよ」

「いやいや、今日のあなただったら座ってよろしいのよ」

そんな会話を交わしながら優先席に座った私たちを、周りの方たちは遠巻きにして、最初に私、次に彼女と見比べた後に視線を逸らしていたと、帰宅後彼女はこれまた妙に嬉しそうに語ってくれたのだった。

術後二週間で抜糸の予定が組まれ、その日に向け腫れは徐々に引いてきてはいるが、縫合部分を中心に内出血はなかなか抜けてはくれず、目の周辺だけがパンダ状態だ。

ドクターからの説明では、打撲の内出血と同様で、身体の下の方へ血の色が下がって行きやがて消えるので、それまで気長に待つしかないとのことであり、いつしか内出血の色味も気にならなくなったそんな頃、抜糸の日を迎えた。

暗い診察室の中、ドクターが操るハサミから「パッチ、パチン」と糸を切断する音だけがしばらく聞こえた後、「はい、終了ですよ」のドクターの声に被せるように、またもやドクターの口から、

「あー、綺麗ですね！　とても順調、順調！」

自画自賛の言葉が飛び出した。

概ね三か月で腫れと内出血は治まり、違和感も消えるのだそうだ。

帰宅し、仕事を終えて戻ってきた彼女と対面すると、

「ちょっとあなた！　これじゃ治療じゃなくて、明らかにモデルに向けての整形じゃない！　どんだけパッチリ二重瞼を作っちゃっているのよ！」

しめしめ、モデルに向けたイケメン改造計画は順調に進んでいるようだ。

腫れも徐々に引いてくると、周囲の反応も上々。そして術後の感想としては、明らかに眉毛の下の幅が狭まりスッキリとした見た目に変貌しただけにとどまらず、今までは目を大きく見開こうとするとおでこに皺《しわ》を寄せ眉毛を引き上げることに連動して瞼が開いたものが、瞼の筋肉が繋がったことでおでこを動かさずとも目を開くことが可能になったこと。この一生懸命行っていた作業が無くなったためなのか、下がった瞼によって遮られていた視界が開けたせいなのか、原因は分からないものの、結構な頭痛持ちだった私が、その痛みから解放されたことが何よりの収穫となったのだ。

あくまで個人の感想ではあるものの、同様の症状に悩まされている方がいらっ

しゃるのなら、「迷わず手術に踏み切るべきですよ」と強くお勧めをしたいものだ。
さあ、そうこうしている間に、退職までは残すところ三か月。職を離れること
イコール収入減少。ならば金銭の「出」を抑え、「入」の減少に対応しなければ
ならぬことは自明の理。
「出」を抑えるために分相応の生活を心掛けるのは勿論のこと、今のお金の遣
い方をきちんと検証してみると、生命保険料の支払いが支出の中で相当の割合を
占めていることに改めて気付かされた。
数年前に見直しを行い、死亡保険金をかなり減額してはいたのだが、まだまだ
かなりの保険料を支払っていて、更に六十五歳を超えるとべらぼうに保険料が跳
ね上がる契約内容になっている。
瞼の手術に伴う給付金も頂戴したことだし、人間ドックの結果もほとんどが良
好な判定だから、今後の「もしも」を想定するよりは、最低限自分の葬儀費用に
充てる程度の死亡保険金が確保されていれば十分だろうと考え、解約を決意した。
早速保険会社の担当さんに連絡をし、解約の相談を行ったところ、担当さんに

会う前に妄想していた、解約理由を尋ねられてなかなか解約には応じてもらえないのだろうか？　新商品への変更などを勧められるのかな？　などの懸念していたような会話には一切発展せず、これから収入が減少する身には保険料が割高であるし、今後は最低限の死亡保険金だけで十分だと正直に説明したところ、拍子抜けするほどあっさりと解約の運びとなった。

次に抑えられる支出として、僅かではあるが毎月積み立てている娘名義の預金があり、これについては退職前に解約するからと娘にも伝えてあった。

娘と待ち合わせ、銀行へ向かい、私は積み立ての中止、娘は今まで積み立てたものの払い戻しの手続きを行った。娘が手にした金額は、二人で顔を寄せ合い「ほぉ〜」と声が漏れるくらいの金額にはなっていたのだった。

正に、「塵も積もれば山となる」である。何事も地道にコツコツとやり続ければ、成果に繋がるものだ。それならば無駄な支出を慎むことを継続していくことで、気がつけば、「おや、あんまりお金減っていないものだね」という未来も予想できそうな気持ちも芽生え始めた。

身体のメンテナンス、そして金銭面の見直しを終えたところで、そろそろ住まい探しに本腰を入れなければならなくなってきた。

私が暮らすエリアには、馴染みの飲食店も増えつつあり、街の雰囲気も高齢者が暮らすには優しいものであるから、できるだけ地域を移動しない物件に的を絞るのだが、なかなかお誂《あつら》え向きのものには巡り遭《あ》えない。

物件探しにおいて彼女が最も希望していることは、「狭くても構わないから極力ワンルームに近い間取り」である。その理由としては、大抵の場合彼女が先に就寝するのだが、寝室が区切られていると寝るために移動しなくてはならず、独りになってしまう。寝ていようが起きていようが、部屋が明るかろうが暗かろうが、家に戻ったなら風呂とトイレ以外の時間は同じ空間で一緒に居続けたいのだそうだ。

この条件で絞り込みをかけ、数か所の物件が候補に挙がったのだが、ここから先が意外と難しく、二人居住可能な物件であっても、婚姻関係にない男女の場合には契約に難色を示す大家が割と多く、これによって益々《ますます》物件は絞り込まれていってしまったのだった。

それでも候補の中の一つを内覧したところ、築年数は古いが、六階建ての五階に空室があるその物件は、五・六階には二部屋ずつしかない造りのため、部屋の三方向に窓があり日当たりが十分、そして南北いずれの窓にも満足いく幅のベランダが付いていたのだった。

眺望が良く開放感もある、なによりベランダのサイズ！　これは菜園づくりにもってこいじゃないか。思わず顔を見合わせ頷き合う二人。口をついて出たのは「ここを契約します！」だったのは言うまでもない。

それでも契約までは一筋縄ではいかず、今回の契約に当たり彼女名義で申し込んでいるのだが、審査の段階で、「通常は年収の高い人間が借り主になるのに、なぜ男性側ではないのか？」との疑問が寄せられた。

今後退職して収入差は逆転するからと説明を入れることで審査は通過したのだけれど、なんとこの国は婚姻関係に無い男女や高齢者に優しくない社会で、そしてしち面倒くさいものなのだと、憤慨しながらも、いやお主《ぬし》、その年になってもまだ認識を新たにさせてもらったのだよ、と納得すべきものなのか、何ともスッキリしない結末ではあるのだ。

ともあれ、これで住まいも決まり、残すところは開業に向けた事務所探しだ。

税理士として開業するには事務所を構える必要がある。

開業したとしても、この先顧客を獲得して収入拡大を目論んではいないのだから、登録の要件を備えつつも、とにかく費用を抑えることのできる物件を探さなければならない。

幸い、と捉えるべきなのか、昨今のコロナ禍により、リモートワークやスモールオフィス向けのレンタル物件は増加傾向にある。その中で完全個室、そして小さくて構わないから窓があり、少しでも外の明るさや外気を感じることのできるレンタルオフィスをいくつかピックアップ。住まいから通いやすい場所にある物件に狙いをつけて内覧予約を行うことにした。

内覧の当日、担当の方と物件の入り口で待ち合わせをし、にこやかに建物の中へと案内された。

「今回はどのような用途でのお申込みになりますか？」

「個人で税理士事務所を開業する予定です」

「なるほど、それでしたらご同業の方も何人か入居していらっしゃいますよ」

確かに玄関脇《わき》に設置された郵便受けのシールを見渡すと、税理士や公認会計士の他、司法書士や行政書士などの「士業」が複数入居しているようだから、登録に関しては問題無さそうだ。

内覧希望は建物の中で一番小さな部屋だったが、一回り大きな個室も空いているとのことなので見せてもらうと、どちらも備え付けの机と棚が一つ、書籍や資料を大量に抱えなければ小さな方の個室で十分事足りそうな感じではあった。

「それでは、予約をしておいた小さな方の個室を借りることで契約を進めていただけますか」

「かしこまりました。ただし、正式にお申込みいただくまでの間に先着者がいた場合には、そちらを優先することはご理解ください。ですので、できるだけお早めに正式のご契約をいただけるよう、お待ち申し上げます」

帰宅途中、同行してくれた彼女がぽつりと呟いた。

「みっちゃん、事務所へはどうやって通うのよ？」

「自転車を買おうかと思っているよ。自転車があればデリバリー業もやろうと思えばできるし。新しく借りる部屋のことを考えると、家の中に置ける折り畳みがいいかなってね。なんで？」

「それならさあ、後から見た広い部屋の方がいいんじゃないかなぁ」

「なんでまた？」

「だってね、広い方の部屋はドアと机の間に結構なスペースがあったよね。折り畳みならそこに置けそうだし。そうしたら駐輪場の必要も無いよね」

なるほどね、そりゃ一理あるなと感心し、即座に広い部屋に希望を変更し契約を進めることにしたのだった。

まあ、結果としては審査が下りるまでの間に周辺情報を調べたところ、事務所と目と鼻の先に区営の無料駐輪場があることが判明したのだが、その事実を伝えても彼女は、

「三千円家賃が増えただけで広めの部屋でゆったり過ごせるようになったのだから、ええんとちゃう」

と、ニヤリ笑うだけ。しかし、今振り返れば確かにスペースにゆとりが生まれていて、内覧に同行してくれた彼女の直感には感謝しきりなのではある。

事務所も決まり、ＰＣなど業務に必要な器具・備品の検討を行う間に、退職の日は、両手の指でカウントダウンが可能なほど目前に迫ってきていた。

退職→遂に無職になる

新居の契約・事務所の契約を正式に交わし、瞼の腫れも引き、くっきりした目鼻立ちの還暦おじいが出来上がったと思ったら、遂に、なのか、やっとのこと、なのかよくは分からないが、待ち侘びた退職の日が訪れた。

退職辞令と退職金は〇〇〇円と記載された通知を受け取ったら、もう職場に未練はない。

職場を駆け足で回りながら簡単な挨拶を済ませ、そそくさと職場を立ち去り、最初に向かったのは今後私の城となる事務所だ。

事前に送っておいた参考資料などの荷解きを行い、今日職場から持参した使い慣れた自前の文房具をテーブルにセットする。

彼女には事務所に来る前に、

「今までありがとう、そしてこれからもよろしくお願いします」

のメールを送り、

「永らくお疲れさまでした」

と、労《ねぎら》いの返信を貰っていたが、そのメールには更に、

「これから事務所を出て、念願だった『あれ』に向かいます」

と返信を重ねてから、足取り軽く事務所を後にした。

「あれ」とは何だ？　そんなことは決まっているではないか！　公務員としての身分に縛られていたのは昨日まで、今日から私は晴れて「元国税職員」の肩書がつく、ただの無職のオッサンなのだから、その節目を祝うため、自分で自分にご褒美の祝杯を挙げる日なのだ！

自宅の最寄り駅の昼呑み可能な蕎麦屋へ入り、ちょっと豪華なお刺身付きの定

食を頼もう。そしてソロ乾杯用のグラスビールを飲み干したら、お次は上等な冷酒を頂くのだ。くぅ、たまらん。五臓六腑に染みわたるとは正にこのことか。自由とはなんと素晴らしいのだ。

上機嫌で自宅に戻り、彼女の帰宅を待っていると、帰宅早々彼女からのハグの洗礼を受け、気分は更に舞い上がり、そして夜は更けていったのだ。

翌日からは税理士登録に向けた申請書類の作成（申請が受理され、税理士証票が貰えるには二か月ほどの期間を要する）するために事務所へ通ったが、それとて朝、彼女の出勤をベランダから見送り、そこからのんびりと掃除・洗濯を済ませて家を出る。雨脚が強い日は出掛けなくたって構わない自由な生活を満喫していて、世に聞こえてくるところの、「仕事を辞めた翌日から、何をすればよいのか全く分からない」だの、「図書館に出掛けるくらいしか能が無く、出掛けた先の図書館には似たような姿のご同輩が溢れかえっている」なんて事態に陥ることも無く、ましてや、「手持無沙汰で昼から飲酒に逃げてしまい、自堕落な生活に身を持ち崩す」なんて、そんな気持ちが一ミリたりとも入り込む余地はなかった。

職場人生の後半部分は管理者として過ごしてきた日々であり、災害が起これば職員やその家族に被害は及んでいないか？　であるとか、交通機関に障害が発生すれば職員の勤務体制に支障は出ないだろうか？　と朝も夜も関係なく頭を悩ませたり、職員の不祥事や事件・事故が一たび発生すればその対応策を講じたり、また、職員の非行が報道されれば、その対応策を周知しなければならないといったような危機管理対応が四六時中消えることなど無かったものだが、もはやそんなことを一切心配せずに済む。自由人とはなんと気楽なことよ！

ノー・ストレス万歳！

気持ちが楽になった代わりに気合を入れ始めたのは、ベランダ菜園だ。野菜用の土や鉢などを買い揃え、先ずは栽培が容易そうな野菜の種を蒔いた他、二人しての散歩の際には花屋の店頭を覗くのが常となり、気になる苗を見つければ即購入し、プランターへ植える機会が増えてきた。

そして交互にベランダに出ては、やれ、「○○が芽吹いてきた」だの、「××に花が咲いたよ」と、見つけた方の早い者勝ちだとばかりに報告を競い合う。

なにより、毎朝鼻歌交じりに水やりを欠かさない彼女の笑顔は本当に幸せそうで、土と戯れることの喜びを、これでもかというほど実感させられっぱなしの毎日だ。

本当に始めて良かった。

セカンドスタート

税理士登録に関しては、申請書さえ提出してしまえばもうこちらは待ちの姿勢あるのみだから、空き時間をモデル事務所への応募作業に振り当てることにした。

モデル事務所は自宅から近く、そしてシニアモデル専門の所へ申し込むことを決めた。さしあたり必要になったのがプロフィール写真で、肩から上の顔がアップになったものと、全身が写り込んだものの二枚を用意しなければならない。

「かおりちゃん、応募用のプロフィール写真、ちょっとスマホで撮ってくれない？」

「何寝ぼけたこと言ってるのよ！　モデルはイメージが大事でしょ？　プロに撮

ってもらわなきゃ。伊勢丹様で、とまでは言わんけど、写真館で撮るものでしょうが。ホントにもう」

こうして夏真っ盛りの炎天下、久しく袖を通していなかったスーツに身を包み、予約した町の写真屋さんへと向かう。

そこで始まったのは、今までの自分からはおおよそ考えもつかない、「ポーズを取る」、そして「笑顔になる」作業だった。

言い訳になるが、私は脊椎の手術を複数回行っているせいで、猫背気味の姿勢になっていて、撮影をしてくれる方の、「お腹を引っ込めて背筋を伸ばす。そして顎《あご》を引いてください」の指示どおりに姿勢を保つことに四苦八苦だから、表情だって強張ってしまい、全くオーダーに添った動きができず、ライトの光も合わさってすっかり汗だくになってしまった。

そして笑顔だが、ろくに笑顔も作れない奴がモデルなど本当にできるのか？そんな疑問の声が上がることも容易に想像できることではあるが、本人がやりたいと言っているのだから大目に見ていただきたい。

大体、国税職員に笑顔など求められていないのだ。爽やかな受け答えや誠実で一生懸命な対応が必要なのは、せいぜい確定申告期間中の案内や申告の相談の場面なのだが、それとて緊張やイライラが募る納税者の方からしてみれば、行き過ぎた笑顔は、「こっちは真剣なのになにをヘラヘラ笑っているんだ！」となりかねず、だから職員として在籍していた期間の九割方は真面目な硬い表情を保ってきたのだ。笑える訳などないだろう、と開き直ってしまいたい。地獄のような苦痛のひと時を味わって、それでもなんとか撮影する写真店の方からオーケーを頂戴し、写真が出来上がった。

そうしたらお次は、その写真を添えて提出する履歴書の作成なのだが、これまた自慢ではないが、高校卒業と共に飛び込んだ公務員の世界だから、履歴書なんてものはアルバイト希望の方が提出してきたものを眺めたことしかなく、ネットで検索した「魅力ある履歴書のつくり方」のお世話になりながら、一文字、一文字、心を込め、「どうか採用していただけますように」と呟きながら書き上げ、投函したポストに両手を合わせたのだった。

履歴書を投函したというのに、待てど暮らせどモデル事務所からの連絡は無く、それでも落選の場合にも連絡は来るとＨＰに書かれているし、コロナのご時世でみんな様々な活動がストップしているのだろうと自分を励ましつつ、ただ待つ日々が続いた。

何の報せが寄せられなくても、時は過ぎていくものであり、やっと涼しい風が吹き始め、秋の訪れを感じるようになった頃、税理士証票交付式が開催されたのだが、生憎《あいにく》と当日は台風接近による大雨、それに加え激しい風が税理士会館の最寄り駅前に枯葉やゴミの渦巻きを作り出している。

これって私の前途を暗示しているのかしら？　なんて呟きながら、一向に収まる気配のない雨風の中、トボトボと歩を進め、税理士会館に到着。証票交付式で恭《うやうや》しく証票やバッジをいただいて、これでいよいよ明日からは職業「税理士」を名乗れるのだ。

やっと、前もって作っていた名刺も使えるようになるのだが、勿論最初に渡す一枚は彼女にと決めているのだ。

彼女が帰宅し「ただいまー」を言い終える前に、玄関で待ち構えていた私は、「こういうものです」と証票を差し出す。

「おお、これは、これは、先生様！」

突然の出来事に戸惑いながらも私に合わせてくれる彼女に、畳み掛けるように名刺を手渡す。

「うわぁ、カッコいいデザインだね。センスいいよ」

「裏も見て頂戴な」

名刺の裏には事務所名や所在地の他、「モデル修業中」などと、決まってもいないのにちゃっかりと印刷してしまっているのだ。

「えー、フライングじゃないの？　それに、「モデル修業中」ってどうなのかな？活動中とか生業《なりわい》とか。いや、やっぱり修業中が合っているのかもね、ステキ」

そんな第二の人生のスタートから遅れること数日、モデル事務所から登録に関する説明会開催の通知が届いた。良かった、忘れられてはいなかったのだ。

説明会当日、指定された場所に行ってみると、私以外に七名のシニア男女が集まっていた。そうか、ここに居合わせる面々は同期ということか。互いに落ち着かぬ表情を作っていたところに社長が登場し、大まかな活動実績やモデルとしての心構えを説明。特に異論がなければ定められた期日までに登録料を払い込むことで登録成立だと説明を受けたが、異論などあろうはずもない。自宅へと引き返すその足で、早速振込手続きを完了させた。これで名刺にも虚偽の記載はしていない、正真正銘税理士とモデル、二足の草鞋《わらじ》を履くことになったのだ。

そこから先はモデル事務所主導のスケジュールで進められ、二度の研修会、そしてプロフィール写真撮影が行われることになり、決められた日時にスタジオへ出向いてみれば、そこにはライトの光を浴びながらカメラマンさんのオーダーにしっかり対応して妖艶な笑みを浮かべるマダム風や、飾りっ気のない天真爛漫といった弾けそうな笑顔の町のお母さん風の、とても素敵な表情で撮影を進める同期の方々がいた。

そんな状況を見て緊張感が極限近くまで高まった頃、いよいよ私の出番だ！指定された立ち位置に着く私に向かい、カメラマンの方から、「笑って！」の声が飛ぶ。また出た。もはや私にとって「笑って」の掛け声は、キラーワードになってしまった。

引きつった笑顔？　を作りながら、「笑うのは苦手です」と答えるのが精いっぱいな私に対し、「モデルは笑えなきゃ！　なんでモデル目指すのよ！」なんて合いの手を入れてくれるカメラマンさん。お陰でリラックスしながら無事に撮影は終了した。

丁度その頃、朝日新聞「Ｒｅライフ」を眺めていると、「貴方にとっての投資とは？　を教えてください」と題したアンケート募集が載っていることに気付いたのだった。

これは私に、「第二の人生で自分自身を輝かせるため、モデル事務所に登録することが投資である！」と書きなさいと伝えてくれているに違いない、だなんて勝手に解釈し、思いのたけを書き込み、送信ボタンを押した。

自分でアンケートに投稿した記憶すらもう薄れていたある日突然、朝日新聞記者を名乗るメールを受信した私は、随分と手の込んだ新手の詐欺もあるものだと溜息をつきながらメール本文を読み始めると、なんと！　本物の記者様が私の記述に興味を示してくれているではないか！　これは一大事だぞ。

震える手でメールに記載されていた電話番号をダイヤル。すると記者様は、公務員から全く毛色の違うモデルの世界に飛び込もうとする姿勢に興味を覚えた、ついては研修会などが予定されているのであればその模様を取材させてほしい——など、嬉しくてどこまでも木登りを続けてしまいそうなおだて言葉交じりのお話を伝えてくれるではないか。

近々研修会は予定されてはいるが、取材も含め、私の一存で決められることではないから事務所の社長に連絡し、その後のことは事務所と記者さんの間で行ってもらったところ、研修会の内容を実際のCM撮影現場を想定したロールプレイング方式に変更。その模様を撮影することにするからねと、事務所から連絡がきた。

凄いことになったものだと彼女に伝えたところ、これまた本人以上のはしゃぎようで、

「凄いねえ！　記事になったら顔とか出るのかなぁ。モデルより早く全国デビューしちゃったりして」

いやいや、まだ分からないのにそんなにプレッシャーかけないでおくれ。

結局当日、突然記者の方は来られなくなり（前日に大きなニュースが発生したため、そちらの取材に行かれたのではないかと推察するが）、事務所の方が研修風景を何枚も撮影してくれて、記者さんへ画像を送ってくれたようだ。

この研修は正に現場を想定したものであり、その後実際に撮影の仕事をいただいた際に「一度経験したことだから」と安心感を与えてくれたので、取材を申し込んでくれた記者さん、そして研修内容の見直しを行ってくれた事務所の方々には感謝の気持ちしかない。

彼女は、新聞に記事が掲載される日を心待ちにし、当日は起床すると何をやるよりも先に新聞を求めに走って行った。そして手にした紙面を捲ると、そこには……写真が載っていたのは別の方で、その方が投稿された記事の内容自体、私の投稿よりも格段に意義のあるものであり、私の写真が掲載されないのも当然と納得。それでも投稿した文言が名前付きで掲載されたことは非常に嬉しかった（後日ｗｅｂ版を見たところ、研修を受けている私の写真が掲載されていてビックリしたのは随分と後になってからのことだった）。

　この頃私は、モデル事務所に関係するスケジュール以外は事務所へ通い、某小説投稿サイトに会員登録をし、毎日お昼に出される「本日のお題」と称するテーマについて簡単な文章を投稿することを繰り返していたのだが、そこに段々とハマってしまい、最初こそ百から二百字程度の文章だったものが、投稿を重ねるうちに文字数も増えていき、毎日のお題を待ち侘びるようになり、退職前に夢想していた在宅ワークやデリバリー、それにポスティングの仕事などを行い、多少なりとも収入を得ようなどと考えていたプランを放棄してしまっていた。

　それでも彼女は悠然と微笑み、やり甲斐があっていいじゃないと言ってくれるだけではなくて、私の投稿を読んでは、

「エッセイ的なものばかりではなく、会話劇のようなコメディやポエムなどもやってみると変化が出て面白いかもね」

など、更に私のやる気を刺激するような言葉を掛けてくれたのだった。

お陰様で今でも投稿を続けており、サイト内の方々とメッセージを通じて繋がるといった新たな楽しみを得ることができたのだった。

モデル事務所からは仕事のオーダーはこない、税理士業は顧客獲得のためのセールスも行わないから仕事が舞い込む訳もなく、事務所に行っては税理士としての知識を錆びつかせないよう研鑽を積み、残りの時間は小説投稿サイトへの投稿を繰り返す。そんな日々が続いていた時、現職時代にお世話になった元上司の先輩から連絡をいただいた。

先輩の知り合いの会社が事務長的な立場で勤務してくれる人材を探していて、フルタイム勤務だが、実務は担当する事務の方がいるため、主な仕事は出来上がった仕事のチェックや社長対応なのだが、受けてみないかと言ってくれたのだ。

しかも、何の取柄もない私のような人間に対して、今時そんな額のお給金が頂戴できるのかと耳を疑うような破格の待遇だった。

金はあるに越したことはない。しかも喉から手が出るほど欲しいのもまがいもない事実だ。なのに、「やります、やらせてください！」と即答できない自分がいた。

「先輩、申し訳ございません、私にはもう身をすり減らしながら仕事をしようなんていう気力は残っていないのです、息子を失った単なる抜け殻なのです。お金は無くとも日々充実した生活が送れて、笑うことができればよいのです……」

心の中で出来の悪い後輩を思いやり、声を掛けてくれた先輩に向かい何度も頭を下げ詫びる自分がいた。

その日彼女と夕飯を共にしながら、先輩からいただいた電話の内容を打ち明けると、彼女はあまりの好待遇振りに目を丸くしながらも、

「だけど、あなたはフルタイム勤務、しかも責任ある立場にはもう就きたくはないと思っているのよね？　そりゃお金は魅力的だけど、無理しなくていいよ。生活は私の稼ぎでなんとでもなるからさ」

その彼女の言葉に後押しされ、翌日先輩に連絡を入れ、

「こんなに良い条件だろ、絶対受けてくれると思ったのになぁ。思い直さないか？」

そんな繰り返しの慰留に対し、丁重に詫びを入れ、お断りさせてもらったのだった。

そうやって退職後無収入の状態で初めての年越しを経験し、新たな年がやってきて確定申告の時期を迎えた私は、税理士会が行う無料申告相談会や、以前関係があった青色申告会から声掛けをいただいて決算業務に従事するなど、限られた私の能力ではあるが、発揮する場を与えられ、多少なりとも貢献できると共に、国税職員として申告に訪れる多種多様な方と接する時の態度とはまた異なる、税理士としての立ち位置を経験できる貴重な時間を過ごせた。そして業務の対価として報酬を受け取ることの喜びと大変さを胸に、仕事を終えて帰宅し彼女にその日の出来事を話すことが楽しくてしょうがなかった。ああ、必要とされる生き方は何事にも代えられない価値があるものだと、今更ながら噛みしめた。

そんな確定申告事務を終えた頃になると、モデル事務所から何度かスケジュール確認の連絡が入るようになってきた。「○月○日、××商品に関する撮影があるが参加可能か？」であるとか、「○○についてｗｅｂコマーシャルの動画撮影、場所は××参加可能か?」のようなメッセージだ。

以前とは異なるコロナの世界、オーディション形式はめっきりと減ってしまい、書類選考のみでキャスティングされるケースが増えてきているらしく、それならば候補として選んでもらっている時点でかなりの確率で選ばれるのかも、などとあらぬ期待を抱いてしまうのだが、現実はそう甘いものではなく、何度も「今回はNGでした」だの、「撮影自体が無しになりました」だの、遂には、明日はオーディションの日だ! と気合を入れていた夜に「オーディション中止」の一報が舞い込む始末で、「よし、これで遂にモデルデビューだ!」と舞い上がった気持ちは、オーディション中止や撮影日程NGの連絡が入るたび、「やっぱりそんなに順風満帆にはいかないものだなぁ」と萎《しお》れてしまうを何度か経験した頃、遂に吉報が訪れたのだった。

「突然ですが、週刊誌の特集記事に差し込む写真撮影が決まりましたので、明後日、××というハウススタジオ○時集合でお願いします。二パターンほど私服持参で。それではお願いします」

「承知しました」と小躍りしながら返信する私に、事務所の社長から着信があった。その内容とは、「初めての撮影だと言ってしまうと相手方も不安に感じてしまうので、口にはしないこと」、そして「慌てず、落ち着いて撮影に臨みなさい」との優しいメッセージだった。

撮影当日、指定された場所に向かい、担当記者さん、そして小柄なお嬢さんだがプロとして活動をされているカメラの方と挨拶を交わし、そこからは三人で決められたシーンに対するポーズを、ああでもない、こうでもないと話し合いながら、和気藹々とした雰囲気の中、二時間ほどで撮影は終了。なんとかやり遂げたとの達成感の中、最寄り駅へ向かう途中に事務所の社長へ終了の一報を入れたところ、またもや「お疲れ様」の優しいメッセージと共に、感触はどうだったか？と問われ、非常に楽しかった、今後もよろしくお願いしますと返事をさせてもらった。本当に夢のような時間だった。

写真が掲載された雑誌が発売されるのは二週間後。当日の朝彼女は、

「今日発売日だったよね、楽しみだねぇ～」

と言い残して出勤し、電車に乗る前にコンビニで購入したのであろうか、即座にメールが届き、

「凄く沢山写真が載っているよ！　本当に良かったね」

と伝えてくれたのだった。

家事を済ませてから事務所へ向かう途中に私も件《くだん》の雑誌を購入し、気恥ずかしさと期待がない交ぜになりながら誌面を捲ると、そこには誰あろう私の全身が立ったり座ったり、様々なポーズを取りながら載っていた。

本当は飛び上がって雄叫びの一つでも上げたいほど嬉しいくせに、事務所の椅子に座り、「毎日笑顔の練習をした割にはちょっと表情が硬いんじゃないか？」などと通ぶって言ってみたりもした。誰が見ている訳でもないのに。

その夜、彼女が帰宅してからはお祝いムード一色で、

「格好良かったよ、しかも私が買ってあげた靴下履いて全国デビューさせてくれ

てありがとう。今度は動画のお仕事が来るともっといいよね」

と、どこまでも進化を追い求めるよう尻を叩く。いや、背中を押してくれる彼女の有り難い言葉まで頂戴した。

週刊誌に写真が掲載されたと思ったら、あっという間に退職から一年が過ぎようとしていた。

その頃、以前にも何度か通知が来ていた検察審査会からまたもや文書が届いた。中に書かれていたのは、「検察審査会のメンバー（審査員と審査補充員と呼ばれる者により構成されているらしい）に選ばれているからよろしく」――のようなものだった。

文書が届いてから数日後、検察審査会事務局という部署から電話が掛かってきて、指名を受けてもらえるかの意思確認だと言うではないか。

時間は有り余るほど有るし、断る理由もないから、「私のような者でもお役に立てるのでしたら」と返すと、事務局の方は心底良かった！　と思われるような喜びようで、後日正式な通知を送ってくれるなど、事務的なやり取りの後通話を終了した。

この件についても早速彼女に報告したところ、その反応は案の定とでも言えばよいのか、

「あら、良かったね！　これでまたモノカキのネタが増えるじゃない」

「いやぁそれはほら、守秘義務が課せられるのは分かっているでしょ？　事件の内容なんかは書けないって」

「それは勿論分かっているさ。だけどね、色んな人をウォッチすることができるし、審査する事件だって、直接は使えなくても今後のアイデアとしてストックはできるじゃないの。それで日当もいただけるなんて。い～い仕事だなぁ、オイ！」

豪快に笑い飛ばしてくれるのだ。

かくして検察審査会への出席という、過分な業務を開始した退職二年目、現在は六か月の任期半ばだが、なかなかヘビーな内容の事件を扱い、なんとこの世は摩訶不思議なのだろうと新たな出会いをさせてもらっていることにも感謝、感謝の日々だ。

思えば彼女と共に人生を歩み始めてから、特に退職後は、今までとは生活のリズムがガラリと変わり、一人で生きているのではないのだと、パートナーが存在することの重要さを実感させられっぱなしだ。

例えば、もっぱら私が担当することがめっきり増えた食事の支度一つを取ってみても、食べる人の顔を思い浮かべながら、味や素材が偏らないように工夫をする。そうやって拙《つたな》い私が調理したものを、「うん！ 美味しいね」と誉め言葉を口にしながら何でも頬張ってくれて、次への意欲を掻き立たせてくれるし、私が済ませた掃除の至らない部分を発見しても決してなじったりしてやる気を減退させないよう、淡々と補ってくれている。

それに加えて、元々私が趣味としていた週に一度の映画鑑賞に文句の一つも言わず付き合ってくれて、鑑賞後には互いの感想を、ああでもない、こうでもないなどと意見を交わしてくれるだけではなく、これまた週末の朝にはジョギングをすることにも、「ノルマ化している」なんてボヤキながらも、時には走っている途中に具合が悪くなることがあったって、その次の機会には嫌な顔をせずに同行してくれる。ジョギングの後は銭湯へ出向き、更にひと汗かいてからの「水分補給」と称した昼酒にも笑顔で付き合ってくれる。

そんな日々の繰り返しは、金銭的には全く恵まれてはいなくても、毎日新たな発見や感動を私に運んでくれるし、彼女の希望で始めたベランダ菜園だって、一つ切りだったイチゴは株分けして今や四鉢、他に育てる野菜の種類も随分と多くなり、収穫の喜びや、上手く育ってくれない歯がゆさも味わえる心の贅沢さを感じている。

私にとって欠かすことのできないパートナーであるあなた、いや、かおりさん、退職する前には、「デリバリーの仕事なども始めてみて、空き時間に多少なりとも収入を得るようにしてみるよ」なんて言っていたくせに、空き時間は小説投稿サイトに充ててしまい、僅かな稼ぎしかなく、馴染みの飲食店に行けば、「ヒモなんて羨ましいご身分だね、憧れるよ」なんて冷やかされる。確かに半ヒモ生活に足を踏み入れてしまっている私だけれど、これからも食べることや飲むこと（飲むことに関してはあなたの足元にも及ばない私なのだが）が大好きな二人、体調に気をつけながらいつまでも笑い合い、寄り添い合いながら年を重ねていきたいと心から思っているのだよ。

　そんな風に、いつも背中を押してくれるあなたの存在に感謝の気持ちを抱いている、私の気持ちを知ってか知らでか、あなたはまたもやいたずらっ気満載の笑顔で近づいてきて、私に告げるのだった。

「モデルの仕事もそうそう入ってこないよねぇ。二年目のチャレンジとしてエキストラのお仕事始めようっかな、とか思っちゃたりせんのかね？」

　むむむ……と口ごもり、コイツ、また新たなミッションを提案してきよったな、簡単に楽をさせてはくれないようだと思案にふける私を見ながら、今日も彼女はニヤリ笑みを浮かべ、こう囁いてくるのだった。

「ね、みっちゃん。
私といると毎日毎日、楽しくてたまらないでしょ」

著者プロフィール
賄屋 大吾（まかないや だいご）
東京都在住
還暦を過ぎてからハートフルな物語つくりにチャレンジ
「賄い料理にしちゃあ結構旨いな」と
微笑んでもらえる作品を目指し日々奮闘中

いつも背中を押してくれるあなた

2024年４月15日　初版第１刷発行

著　者　賄屋 大吾
発行者　瓜谷 綱延
発行所　株式会社文芸社
〒160-0022 東京都新宿区新宿1－10－1
電話 03-5369-3060（代表）
03-5369-2299（販売）

印刷所　図書印刷株式会社

©MAKANAIYA Daigo 2024 Printed in Japan
乱丁本・落丁本はお手数ですが小社販売部宛にお送りください。

送料小社負担にてお取り替えいたします。

本書の一部、あるいは全部を無断で複写・複製・転載・放映、データ配信することは、法律で認められた場合を除き、著作権の侵害となります。

ISBN978-4-286-25132-5